Stellina

Cette histoire est tirée du dessin animé
Stellina, épisodes 8 et 9 :
« Dernier espoir » et « Les adieux »

Avec la participation de France 3 et Rai fiction
Coproducteurs délégués : Gilbert Hus, Charles Malka (France) /
Marco Marcolini, Annita Romanelli (Italie)
Série créée par Lucia Zei
Scénario : Françoise Boublil, Jean Helpert et Olivier Dehors
Réalisation : Alessandro Belli et Sidney Kombo
Auteurs graphiques : Sidney Kombo et Rebecca Lisotta
Illustration de couverture : Diane Le Feyer
Maquette : Fabienne Vérin

Pour la présente édition :

18 rue Barbès, 92128 Montrouge Cedex

Dépôt légal : juin 2011
ISBN : 978-2-7470-3468-5
Loi 49-956 du 16 juillet 1949 sur les publications destinées à la jeunesse.

Scénario de Françoise Boublil, Jean Helpert et Olivier Dehors
Texte de Thomas Leclere

Stellina

Un fol espoir

bayard poche

Résumé de l'épisode précédent

Bienvenue à l'orphelinat !

Après avoir été rattrapée dans les rues de Rome, Stellina a été accompagnée à l'orphelinat Sainte-Victoire, par la terrible Mme Ascoli. L'accueil qu'on lui a réservé a été tout sauf chaleureux… Stellina a fait la connaissance de ses compagnes d'infortune : Thérèse, fragile comme une fleur ; Amanda, robuste comme un arbre et Sonia, la peste, constamment prête à embêter les autres pensionnaires. Heureusement, il y a Pshitt, son furet, toujours avec elle, pour lui rappeler sa famille du cirque.

1

La Cadillac rose

Depuis son arrivée à l'orphelinat Sainte-Victoire, quelques jours auparavant, Stellina se demandait comment les autres pensionnaires pouvaient supporter un quotidien aussi triste. Pour elle, qui avait vécu sur les routes avec le cirque Panagulis, découvrant chaque semaine un nouvel endroit, le pensionnat était une véritable prison. Comment appeler autrement un lieu dont il est interdit de sortir ?

Ici, rien n'était laissé au hasard ; les journées étaient organisées de manière rigide. Depuis le lever, à 6 h 30, jusqu'au coucher, à 20 h 30, la vie se déroulait à un rythme monotone, selon des règles strictes et sous une surveillance permanente. Toute désobéissance était immédiatement sanctionnée par une punition – en général, l'attribution d'une tâche ménagère, comme le nettoyage des toilettes ou le balayage de la chambrée.

Mlle Mazzoni, la surveillante responsable des repas et des dortoirs, était une femme austère qui veillait au bon déroulement des activités et rappelait

aux fillettes leurs obligations. Elle était exigeante et tatillonne, mais elle savait se montrer compréhensive et ses menaces n'étaient pas toujours suivies de sanctions. Surtout, elle ne punissait jamais sans raison.

La surveillante générale, Mme Rossini, par contre, était d'une sévérité extrême et sadique. Une mèche de cheveux mal peignés ou une chemise déboutonnée, un mot plus haut que l'autre ou un bâillement étaient pour elle des fautes impardonnables. Elle pouvait surgir à n'importe quel moment et sa méchanceté faisait planer sur l'institution une ambiance proche de la terreur. Elle cherchait sans cesse des prétextes pour réprimander ou punir Stellina, et celle-ci ne pouvait s'empêcher de la provoquer en se montrant narquoise et irrespectueuse. Ses nouvelles amies, Thérèse

et Amanda, la mettaient en garde contre les risques qu'elle courait – le cabinet noir ! –, mais elle s'en fichait. De toute manière, songeait-elle, elle serait bientôt loin de cet affreux endroit. Nikos et ses amis du cirque allaient venir la chercher. Elle retournerait vivre avec ceux qu'elle considérait comme sa vraie famille. Elle repartirait sur les routes ; elle retrouverait sa place parmi les artistes du cirque et ses récentes mésaventures ne seraient plus qu'un mauvais souvenir !

Les pensionnaires ne voyaient presque jamais le directeur. Il semblait se désintéresser d'elles et se reposait complètement sur Mme Rossini. En fait, il passait le plus clair de son temps à jouer de la musique. Quelque fois, on entendait son piano résonner dans les couloirs bien après l'heure du coucher. Quant à Anna, l'institutrice chargée de l'enseignement, c'était une jeune femme sensible et attentive. Mais Stellina, qui n'était pas habituée à rester assise très longtemps, avait bien du mal à rester concentrée en classe !

Un matin qu'elle était occupée à nettoyer les tables du petit-déjeuner avec d'autres pensionnaires, Stellina vit entrer Thérèse dans le réfectoire. La fillette était rouge et tout essoufflée. Elle avait couru et peinait à reprendre son souffle.

– Ils... ils... je, bégaya-t-elle en attrapant Stellina par la manche.

– Que se passe-t-il, Thérèse ? la pressa cette dernière en interrompant son travail.

– Je... les... les...

– De qui parles-tu ?

– Des... des... des...

– Calme-toi, dit Stellina. Respire et parle calmement.

Thérèse ne suivit pas son conseil. Au contraire, elle lui prit la main et l'entraîna précipitamment jusqu'à la fenêtre en continuant à bredouiller :

– Ils... ils... je...

En arrivant devant la vitre, Stellina comprit enfin ce qu'il se passait. Dehors, dans la cour, était stationnée une voiture qu'elle connaissait bien : la Cadillac rose de Nikos !

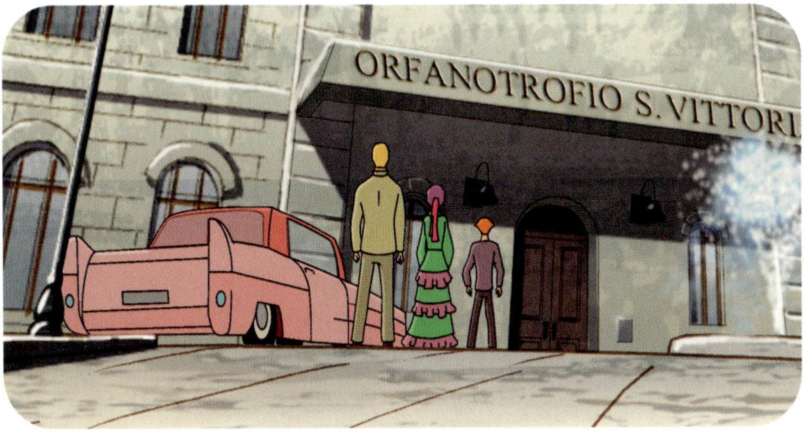

C'était donc ça ! Thérèse avait essayé de la prévenir que ses amis étaient venus la chercher ! Et que son cauchemar était enfin terminé !

Elle prit son amie dans ses bras et la serra si fort que celle-ci manqua étouffer.

– Excuse-moi, dit Stellina en la libérant. Je suis si heureuse ! Est-ce que tu les as vus ? Combien étaient-ils ?

– Ils… ils étaient qua… quatre.

– Il faut que j'aille les retrouver. Viens avec moi, je vais te présenter.

Elle s'apprêtait à quitter la cantine, abandonnant éponges et chiffons sur une table, quand Mlle Mazzoni fit irruption sur le seuil.

– Que se passe-t-il ici ? fit la surveillante en bloquant la sortie.

– C'est Nikos ! s'exclama Stellina. Il est venu me chercher ! Je vais le rejoindre !

Elle essaya de se faufiler, mais la surveillante lui barra le passage.

– Allons, allons, arrête-toi ! ordonna-t-elle. De quoi parles-tu ? Qui est ce Nikos ?

– C'est le directeur du cirque Panagulis ! cria Stellina en gesticulant pour se dégager. Il est venu me chercher ! Laissez-moi passer !

La surveillante ne voulut rien savoir. Elle pria simplement Stellina de se calmer et, lui saisissant fermement le bras, elle la conduisit jusqu'à son dortoir, où elle lui demanda d'attendre.

– Je vais me renseigner auprès du directeur, précisa-t-elle avant de disparaître. Je reviendrai te chercher s'il t'autorise à rencontrer ce Nikos. Mais ne te fais pas d'illusions, Stellina. Les visites sont interdites pendant la semaine et je doute qu'on fasse une exception pour toi. Allez, sois raisonnable et attends-moi ici.

Puis elle referma la porte et ferma le dortoir à clé.

2
Prisonnière

Stellina se précipita à la fenêtre et colla son visage au carreau. Elle aperçut la grosse voiture américaine du directeur du cirque, mais la cour était déserte. Ses amis devaient être entrés, songea-t-elle. On les avait probablement conduits devant le directeur et celui-ci n'allait plus tarder à exiger qu'on vienne la chercher. Quelques minutes encore et elle serait libre !

Stellina tira sa valise de sous son lit et en sortit Pshitt, son furet, qu'elle cachait là pour éviter que Mme Rossini ne le découvre. Le rongeur sauta dans ses bras et lui lécha le visage.

– Ça y est, mon Pshitt, on est libres ! s'écria-t-elle. Tu ne seras bientôt plus obligé de vivre enfermé dans une valise, et tu pourras retourner chasser les souris autant que tu voudras !

Dans l'entrée de l'orphelinat, cependant, Nikos et ses trois amis, Tataglio, Marouchka et Macaroni avaient la mine sombre. Mme Zanetti, la concierge, les avait sommés d'attendre pendant qu'elle allait prévenir le directeur, mais elle n'était pas revenue et ils commençaient à s'inquiéter.

– Tu ne crois pas qu'on devrait aller voir ? demanda Marouchka en se penchant vers Nikos.

– Sois patiente, lui répondit Nikos. N'oublie pas que nous sommes dans une situation délicate. Nous n'avons pas intérêt à nous faire remarquer.

– Tu as raison, admit la cartomancienne. Mais je suis tellement impatiente de retrouver notre petite chérie.

– Cela fait à peine dix jours qu'elle nous a quittés, dit Tataglio, mais j'ai l'impression que cela fait une éternité.

– Moi, j'ai d'affreuses migraines, renchérit Marouchka.

– Cessez de vous plaindre ! les coupa Nikos. Songez que cela doit être encore plus dur pour elle.

C'est alors que Mme Zanetti réapparut dans le hall ; les quatre compères avancèrent vers elle.

– Alors ? interrogea Tataglio, au comble de l'impatience.

La vieille femme se racla la gorge avec un air gêné.

– Possédez-vous une autorisation du juge ?

– Nous ne savions pas qu'il était nécessaire d'en avoir une..., mentit Nikos.

– Dans ce cas, je suis désolée, s'excusa la vieille femme, mais votre demande ne pourra pas être acceptée.

– Comment ça ? rugit Nikos. C'est impossible ! Nous venons de loin pour voir notre petite !

– Je comprends votre déception, fit la concierge, mais le directeur est formel : les visites sont interdites pendant la semaine ; et, sans autorisation, pas de visite.

– Non, madame, vous ne nous comprenez pas, s'emporta Tataglio en la bousculant pour se frayer un chemin vers l'escalier. Nous ne repartirons pas d'ici avant d'avoir embrassé notre Stellina.

– Je vous préviens, reprit la concierge, si vous continuez, j'appelle la police.

Les trois autres échangèrent des regards embarrassés. Finalement, Nikos reprit la parole :

– Partons d'ici, Tataglio. C'est horrible et injuste, mais nous n'avons pas le choix.

– Quoi ?!? explosa le clown. Tu abandonnes notre Stellinitchka ?

– Tataglio a raison ! renchérit Marouchka. Nous ne pouvons pas partir d'ici sans l'avoir vue !

– Ça suffit ! gronda Nikos avec autorité. Vous dites n'importe quoi ! Si une plainte est déposée contre nous, le juge sera mis au courant, et nous n'aurons plus aucune chance de revoir Stellina.

Le clown, honteux, baissa les yeux et soupira.

– Tu as raison, dit-il enfin en hochant la tête avec un air abattu. Allons-nous-en.

Lorsque, par une fenêtre du dortoir, Stellina vit ses amis apparaître dans la cour et se diriger lentement vers la Cadillac rose, elle n'en crut pas ses yeux.

– Hé ! s'écria-t-elle. Qu'est-ce que vous faites ? Ne partez pas ! Je suis là ! Nikos ! Tataglio !

Elle essaya d'ouvrir la fenêtre, mais la poignée était bloquée. Elle eut beau tirer de toutes ses forces, rien à faire !

– Au secours ! hurla-t-elle alors, prise de panique, en prenant conscience que ses amis – sa famille ! –

étaient sur le point de partir. Je vous en prie ! Ne m'abandonnez pas !

Elle se précipita vers une autre fenêtre, bloquée elle aussi, et répéta :

– Au secours ! Je suis ici ! Au secours !

Puis, comprenant que ses cris étaient vains, elle reposa Pshitt dans sa valise et se précipita vers le couloir. Avec un peu de chance, elle arriverait en bas avant que ses amis aient quitté l'orphelinat ! Mais la sortie était bloquée, elle aussi ; Mlle Mazzoni avait fermé à clé !

– Au secours ! hurla encore la prisonnière. Ouvrez-moi !

Elle s'apprêtait à forcer le passage en se jetant sur la porte, quand celle-ci s'ouvrit sur Amanda.

– Thérèse m'a dit que ta famille était venue te voir, expliqua la pensionnaire. En les voyant partir, j'ai compris qu'on t'avait enfermée. Dépêche-toi, si tu veux avoir une chance de les rattraper.

Stellina était en larmes. Pendant un instant, elle resta bouche bée, incapable de bouger. Puis, elle voulut se jeter dans les bras de son amie, mais celle-ci la coupa dans son élan.

– Allez, file ! insista-t-elle. Ce n'est pas le moment pour les embrassades.

Stellina hocha la tête, comme pour se convaincre de ce qu'elle devait faire, puis elle alla chercher sa valise et disparut dans l'escalier.

3

De déchirants adieux

Stellina déboula dans le hall au moment où Mme Zanetti refermait la lourde porte du bâtiment. Elle eut le temps, cependant, d'apercevoir les silhouettes de ses amis qui s'apprêtaient à grimper dans la Cadillac.

– Attendez-moi ! hurla-t-elle.

Mlle Mazzoni, qui se trouvait là elle aussi, tenta de la retenir, mais la fillette lui donna un coup de pied qui l'obligea à lâcher prise et se faufila par la porte entrebâillée.

– Attendez-moi ! cria-t-elle de nouveau.

Nikos, Tataglio, Marouchka et Macaroni se retournèrent, stupéfaits.

– Stellina ! s'exclama le clown.

La fillette, en larmes, se jeta dans les bras de Nikos.

– J'ai eu tellement peur, gémit-elle en se serrant contre lui. Je vous ai vus partir et j'ai cru que vous m'abandonniez.

Elle se laissa tomber à genoux et pleura de plus belle.

– La vie est tellement triste, sans vous... Je me sens tellement seule...

Mais Nikos l'aida à se relever et posa ses mains sur ses épaules.

– Ma Stellina..., dit-il avec amour.

– Tu nous as tellement manqué, s'exclama gaiement Tataglio en s'approchant d'elle.

– Je pensais tellement à vous ! murmura-t-elle en posant sa tête contre son épaule.

Puis elle embrassa Marouchka et Macaroni, avant de lancer :

– Allez, on s'en va ? On rentre à la maison ?

Il y eut un silence gêné ; les quatre adultes échangèrent des regards embarrassés, avant de baisser les yeux. Stellina les observa l'un après l'autre ; elle pâlit.

– Que se passe-t-il ? hasarda-t-elle. On ne part pas d'ici ?

– Stellina, fit Nikos après s'être raclé la gorge, tu ne dois pas...

Mais Tataglio le coupa d'une voix qu'il s'efforçait de rendre joyeuse :

– Mais si, bien sûr qu'on t'emmène, Stellina. Tu ne penses tout de même pas qu'on va te laisser dans un endroit aussi sordide. Allez, viens...

Il l'entraînait vers la voiture, quand Mme Rossini fit son apparition.

– Je vous conseille de laisser cette petite ! lança-t-elle de sa voix aigrelette. Lâchez-la immédiatement, ou j'appelle la police !

Tataglio lui fit face sans se démonter.

– De quoi vous mêlez-vous ? Qui êtes-vous, d'abord ? Vous ne vous êtes même pas présentée.

– Je suis Mme Rossini, la surveillante en chef de cet établissement, répondit la jeune femme avec un air pincé. Et je vous préviens que si vous vous entêtez à vouloir faire sortir cette petite, je mettrai ma menace à exécution. Et vous savez ce qui se passera si les gendarmes interviennent !

– Nous venions juste rendre visite à notre Stellina, temporisa Nikos. Rien ne l'interdit.

– Eh bien, vous l'avez vue. Maintenant, vous pouvez rentrer chez vous.

– Oui, intervint Stellina, et je pars avec eux.

– Je me fiche de vos menaces et je me fiche des gendarmes ! s'exclama Tataglio, furieux. Stellina vient avec nous, que vous le vouliez ou non.

Nikos voulut intervenir pour le calmer, mais le directeur de l'orphelinat, alerté par Mlle Mazzoni, s'interposa d'un air serein.

– Allons, allons, cher monsieur, ne cédez pas à la déraison. C'est une situation difficile ; je comprends que vous soyez émus. Mais croyez-moi, la place de Stellina est ici, dans cet orphelinat, au

milieu de ses camarades. Ce n'est pas monsieur Nikos qui me contredira. N'est-ce pas, monsieur Nikos ?

Nikos hocha la tête, résigné, alors que le directeur se penchait sur sa pensionnaire.

– Avec le temps, tout s'arrange, Stellina, dit-il d'une voix mielleuse. Tu verras, tu vas t'habituer à

ta vie ici. Allez, dis au revoir à tes amis, et rentre rejoindre tes nouvelles camarades.

Il se redressa pour s'adresser aux quatre membres du cirque Panagulis.

– Je vous demande de partir, maintenant. Plus vous tardez, plus vous faites souffrir la petite. Elle a déjà tellement de mal à s'adapter à notre établissement...

– Accordez-moi encore une minute, réclama Nikos.

Il entraîna Stellina à l'écart et se mit à sa hauteur.

– Tu dois être forte, Stellina, chuchota-t-il. Je comprends ta déception, mais tu dois nous comprendre et garder confiance. J'ai vu le juge. Il m'a refusé ta garde sous prétexte que tu avais fugué, et que la vie du cirque n'était pas adaptée à une fillette de ton âge. Mais il m'a promis

qu'il réexaminerait notre dossier dans six mois et que, si tu t'étais bien comportée, tu pourrais revenir vivre parmi nous. Nous partons demain pour une tournée de plusieurs mois en Allemagne. Crois-tu que tu pourras tenir jusqu'à notre retour ?

Stellina était bouleversée, incapable d'articuler le moindre mot. Néanmoins, elle secoua lentement la tête et ravala ses larmes. Serait-elle capable de supporter six mois encore dans cet orphelinat où la vie était si triste ? Six longs mois loin de ceux qu'elle aimait ? En réalité, elle n'en était pas certaine…

– Et Gala, articula-t-elle avec peine. Est-ce que…

– Elle va bien, la rassura Nikos. Elle n'a été que blessée. Elle a été confiée au zoo de la ville, où on la traite comme il faut. J'essaierai de la récupérer lors de notre prochain passage à Rome.

Gala, la panthère noire de Stellina, s'était fait tirer dessus par des policiers qui la croyaient dangereuse. Et depuis, la fillette n'avait eu aucune nouvelle de l'animal…

Un instant après, quand la Cadillac rose se mit en route, emportant ses amis, Stellina éclata en sanglots. Elle saisit sa valise et courut derrière en criant :

– Non ! Ne me laissez pas ! Tataglio ! Macaroni !

Puis, comme la voiture quittait l'enceinte de l'orphelinat pour disparaître au coin de la rue, elle s'effondra sur le sol, désespérée, et murmura :

– C’est vous, ma vraie famille. Je vous aime tellement...

Et le portail se referma sur elle en grinçant.

4

UN PEU DE RÉCONFORT

De retour au dortoir, Stellina pleura encore longtemps, effondrée sur son lit, avant de se sentir un peu moins triste. Alors, elle sortit Pshitt de sa valise et le prit sur ses genoux pour le caresser.

– Heureusement, ils ne t'ont pas vu, lui dit-elle en reprenant espoir. On va s'en sortir, tu verras. Et cette peste de Rossini se souviendra de nous !

Dehors, la surveillante était intervenue pour l'aider à se relever, mais Stellina l'avait repoussée violemment et lui avait ordonné de ne plus la toucher. La jeune femme, outrée, l'avait menacée de la jeter dans le cabinet noir. Stellina y avait échappé grâce

à l'intervention du directeur, qui, pour une fois, avait osé s'opposer à son adjointe pour laisser parler sa sensibilité.

– Vous ne trouvez pas que cette petite a eu assez de peine pour aujourd'hui, madame Rossini ? avait-il demandé.

– Le règlement est le règlement, lui avait rétorqué la sévère employée. Et celui-ci précise que toute pensionnaire ayant troublé l'ordre de l'établissement doit être enfermée dans le cabinet noir.

– Eh bien, pour une fois, avait-il tranché, nous ferons exception à la règle. Et je vous prie de ne pas discuter.

Il avait lui-même reconduit Stellina jusqu'au dortoir, où il avait essayé de la rassurer :

– Ne t'inquiète pas, tu reverras bientôt tes amis. La vie dans un pensionnat est parfois un peu rude, mais il faut que tu comprennes que tu es ici pour ton bien, afin d'obtenir la bonne éducation qui fera de toi une vraie jeune fille, pas une saltimbanque.

Stellina l'avait écouté sans mot dire, puis il avait quitté la pièce en lui conseillant de se reposer et elle était restée seule jusqu'à l'heure de la récréation.

Thérèse et Amanda trouvèrent Stellina assise sur son lit, en train de caresser son furet.

– Qu'est-ce que c'est que ça ? s'exclama la plus grande, qui n'avait encore jamais vu l'animal.

– C'est Pshitt, lui répondit simplement Stellina.

– Tu es complètement folle ! Les animaux sont interdits dans l'orphelinat. Comment vas-tu le nourrir ?

– Je lui rapporterai de la nourriture de la cantine.

– C'est trop risqué. Si la Rossini le trouve, ce sera horrible ! Elle...

Amanda eut soudain l'air sombre ; elle ferma les yeux.

– Amanda avait un co... cochon d'Inde, expliqua Thérèse. Rossini l'a trouvé et elle l'a... elle l'a...

– Elle l'a noyé, précisa froidement la grande.

Stellina serra le furet contre sa poitrine et s'exclama :

– Si jamais elle le touche, je...

Elle ne put terminer sa phrase, car la surveillante, justement, fit irruption dans la pièce.

– Si jamais qui touche quoi ? siffla-t-elle en avançant, menaçante, vers les trois amies.

Stellina eut tout juste le temps de fourrer Pshitt sous son lit. Elles avaient eu chaud !

– Dites-moi, vous vous croyez en vacances ? enchaîna la surveillante. Le cours va reprendre dans une minute. Amanda, Thérèse, vous n'avez rien à faire ici !

– Mais, se défendit Amanda, c'est monsieur le directeur qui nous a demandé de venir réconforter Stellina.

– Eh bien, maintenant que Stellina est réconfortée, comme vous dites, je vous ordonne de vous rendre dans votre classe, toutes les trois. Exécution !

Les trois fillettes quittèrent le dortoir en silence, sous le regard sévère de Mme Rossini. Stellina n'avait pas eu le temps de remettre Pshitt dans sa valise. « Pourvu qu'il ne fasse pas de bêtise ! » songea-t-elle.

5
Une fanfare pour Stellina

Le cours avait repris depuis quelques minutes, quand les cris de Mlle Mazzoni résonnèrent dans les couloirs du pensionnat.

– Au secours ! Les rats sont de retour !

Immédiatement après, Mme Rossini fit irruption dans la salle de classe, interrompant l'institutrice.

– Mesdemoiselles, lança-t-elle, furieuse, vous êtes tellement désordonnées et sales qu'il y a un rat dans votre dortoir ! Celle qui l'attrapera, ou le tuera, sera récompensée. Je compte sur vous !

« C'était sûrement Pshitt », pensa Stellina, soudain prise de panique.

En un instant, la salle de classe se vida. Les pensionnaires se précipitèrent dans les cuisines où elles s'armèrent de casseroles, de poêles, de louches et de balais. Pendant ce temps-là, Stellina, Amanda et Thérèse se rendirent directement au dortoir, où elles espéraient bien dénicher le furet avant les autres.

Hélas ! leurs camarades les rejoignirent avant qu'elles aient retrouvé l'animal. Commença alors une battue furieuse et bruyante à travers la

chambrée. Les filles, tout excitées à l'idée d'une récompense, tapaient sur les lits avec leurs balais, frappaient leurs casseroles avec des cuillers en bois et poussaient des cris de guerre. L'une d'elles souleva un matelas et s'écria :

– Il est là ! Je l'ai trouvé !

Effectivement, Pshitt se faufila entre ses jambes et détala, éperdu, à travers la pièce. Les chasseuses se lancèrent à ses trousses en hurlant de plus belle.

– Là, il est là !

– Non, ici !

– Attention, il a filé sous l'armoire !

Stellina, terrifiée par la violence de ses congénères, assistait à la scène sans pouvoir agir. Amanda tenta une diversion en criant :

– Je l'ai vu ! Il a filé dans le couloir !

Mais Sonia, la plus méchante des pensionnaires, repéra Pshitt au moment où il se glissait sous un lit et l'attrapa par la queue. Elle le brandit fièrement devant ses camarades admiratives.

– Regardez-moi ça, les filles ! Il se cachait sous le lit de la nouvelle. On dirait un écureuil !

Le furet, terrorisé, gesticulait au bout de son bras. Qu'allait-il devenir ? Est-ce que Mme Rossini

allait le noyer, lui aussi ? Stellina dut mettre sa main devant sa bouche pour s'empêcher de crier le nom de son animal.

Heureusement, Pshitt ne se laissa pas faire ; d'une agile contorsion, il réussit à se redresser pour mordre la main de Sonia.

– Aïe ! hurla la peste en lâchant l'animal. Il m'a mordue !

Aussitôt, toutes les pensionnaires se massèrent en piaillant autour d'elle pour essayer de voir la blessure. Pshitt en profita pour s'enfuir entre leurs jambes et se faufila sans se faire voir sous les draps de Stellina.

– Que se passe-t-il ? demanda Mlle Mazzoni en entrant dans la pièce. Avez-vous attrapé ce rat ?

– Je l'avais dans la main, pleurnicha Sonia, mais il m'a mordu le doigt !

– File à l'infirmerie ! Il faut te vacciner contre la rage !

– La rage ? répéta la fillette en blêmissant. Mais… je… je ne veux pas mourir !

– Tu ne mourras pas si on te vaccine à temps, la rassura la surveillante. Suis-moi, dépêche-toi. Les autres, retournez en classe ; nous trouverons ce fichu rat plus tard, et nous lui réglerons son compte.

Quand Stellina, Thérèse et Amanda se retrouvèrent seules dans le dortoir, elles éclatèrent de rire.

– Eh bien, mon Pshitt, tu as eu chaud ! souffla Stellina en récupérant l'animal tremblant de peur qu'elle avait vu se glisser sous ses draps.

Elle réfléchit un instant et se tourna vers ses amies, l'air grave.

– Pshitt ne peut pas rester ici. C'est trop dangereux. Ah, si seulement j'avais pensé à le confier à Tataglio, tout à l'heure. Il était à lui, avant qu'il ne me l'offre.

– Je crois que j'ai la solution, dit Amanda. Alfredo, le jardinier, rentre chez lui tous les soirs ; il n'aura qu'à déposer Pshitt au cirque.

– Tu crois qu'il acceptera ?

– J'en suis sûr. Il déteste Mme Rossini et adore les animaux !

Ce soir-là, dans son lit, Stellina resta longtemps pensive. Quelle journée elle venait de vivre ! Elle était épuisée, mais, finalement, elle était heureuse. Certes, ses amis n'avaient pas pu l'emmener avec eux en Allemagne, et elle avait cru mourir de chagrin en les regardant partir. Mais elle savait, maintenant, qu'ils ne l'avaient pas abandonnée ; et que Nikos ferait tout ce qui était en son pouvoir pour la reprendre à ses côtés, dans la grande famille du cirque à laquelle on l'avait arrachée. Elle était sûre qu'un jour, elle ferait de nouveau l'acrobate sous le chapiteau multicolore, devant la foule émerveillée !

Et puis Gala, sa panthère noire, avait survécu à sa blessure ! Elle était vivante ! Bien sûr, elle était enfermée dans un zoo, mais Nikos avait assuré à Stellina qu'elle était bien traitée, et qu'il pourrait probablement la récupérer lors de leur prochain passage à Rome. Quant à Pshitt, à cette heure-ci, il devait être en sécurité, bien au chaud dans la roulotte de Tataglio. Alfredo l'avait trouvé adorable et s'était montré ravi de contribuer à lui éviter la vengeance de Sonia !

Stellina était prête à s'endormir lorsque le son d'un cuivre, accompagné d'un tambour, attira son attention. De la trompette, à cette heure ? Qui cela pouvait-il être ? Sûrement pas le directeur : il ne jouait que du piano.

Elle sortit de son lit et se planta devant une fenêtre, bientôt imitée par les autres fillettes du dortoir.

Dehors, face à la grille de l'orphelinat Sainte-Victoire, elle reconnut un musicien, puis deux, puis toute une fanfare ! Elle aperçut Marouchka qui dansait avec Tataglio, tous deux vêtus de leur costume multicolore. Elle vit Nikos et Macaroni, qui faisaient de grands signes dans sa direction. Ils étaient tous là, ses amis du cirque Panagulis, sa famille ! Et les musiciens donnaient pour elle leur dernier concert dans la capitale italienne !

Stellina va-t-elle accepter les règles
de cette nouvelle vie ?

Tu le sauras en lisant la suite
des aventures de

Stellina

9- Le choix de Stellina

à paraître en octobre 2011

Dans la collection

Stellina

Achevé d'imprimer en mai 2011 par Pollina S.A.
85400 Luçon - N° impression : L54451
Imprimé en France